新潮文庫

椰子・椰子

川上弘美著
山口マオ絵

目次

お読みになったら屹度気に入られます。

南　伸坊

椰《や》子《し》・椰《や》子《し》

春

一月一日　曇

もぐらと一緒に写真をとる。もぐらの全身を見るのは初めてである。あんがい大きい。写真をとるために直立してもらう。小学校六年生くらいの背丈で、顔も、どことなく人間じみている。ただ、手に土を掘るための鋭い鉤《かぎ》がついていること、てのひらが漆黒であることが、大きな違いである。

肩を組んで写真をとる。ものおぼえのいいもぐらで、すぐに人間の言葉を覚えてしまう。仲良く喋《しゃべ》りながらも、もぐらの気に障《さわ》りそうな言葉は使わないように注意する。たとえば「唯物《ゆいぶつ》史観」「石鹸《せっけん》シャンプー」「ガラスの破片」など。

話しているうちに、もぐらが妊娠していることも明らかになる。もぐらは、丸い顔を近づけてきて、ふんふん嗅《か》ぐような身振りをしながら、私の肩を抱く。

（あまり立ち入ったことは訊《き》かないようにしよう）にこやかに対応しながらも、思う。

一月二日　晴

近所の原っぱに怪物が住みついたと聞き、見にいく。噂《うわさ》を聞いたらしい人が数人うろうろしている。凧《たこ》を揚げながら待っている人もいる。

三十分に一回、住みついているうさぎ穴から「ゴー」という音と水蒸気があがる。

龍《りゅう》の類《たぐい》のようだが、結局姿を見ることはできなかった。

帰りに神社へ初詣《はつもうで》に行く。

一月八日　曇
松も取れたので、冬眠に入る。

二月三日　晴
冬眠を終える。久しぶりに外に出ると、春のような匂《にお》いがした。
一緒に冬眠させた子供たちが、二倍の大きさにふくらんでいる。湿度の関係か？

二月四日　晴
冬眠中にはえた植物を抜いてまわる。空き部屋に生える丈《たけ》の高い植物で、名前は前に聞いたが忘れてしまった。天井まで届いているのもある。びっしりはえているので、抜くのにまる一日かかった。
ときどき、低い汽笛のような音をたてる。成長音らしい。
光が当たると茎のなかがみるみる空洞となり、軽く葉にふれても崩れる。光のよく当たる窓辺のものは掃除機で簡単に吸いとれたが、部屋の奥の暗いところにはえているものは、抜くのに往生した。

夕方、子供がしぼみ、ひと安心する。

二月六日　晴

今川焼屋をやっている叔母が、久しぶりに遊びにくる。

叔母の店のとなりが雀荘《ジャンそう》で、そこにいつも三人組の学生が入りびたっているのだという。ちょいちょい今川焼を買ってくれるので、いつからか世間話なんかをするようになった。

あるとき、その中の一人が一万円貸してくれと言う。断ろうとしたが、あんまり深刻そうな顔をするし、必ず返すと約束するので、つい貸した。

それがまちがいで、案《あん》の定《じょう》何かと理由をつけて返そうとしない。返そうとしないくせに、平気で毎日雀荘にやってくる。

ついに一昨日、意を決して一万円を返すよう強く言った。

すると、学生たちは脱兎《だっと》のごとく駆けだし、姿をくらませた。その逃げ足の速さといったら尋常のものではなかった。人にあらざるものみたいな感じだった。

しばらく呆然《ぼうぜん》としていると、むこうから太った紳士が、これまたものすごい速さ

で駆けてくる。見ると、紳士の前をくだんの学生たちが逃げていく。

あれっと思ううちに、学生たちと紳士の距離が縮み、紳士は手に持った巨大なまさかりを、えいっとばかりに打ちおろした。

命中したかに見えたその刹那《せつな》、学生たちは毛ほどの差でまさかりをかわし、ふたたび逃げ足速く路地に消えた。

紳士ははあはあ息をつきながら、地中にめりこんだまさかりを引き抜いた。まじまじ見つめる叔母に気がつくと、シルクハットに手をやって、

「失敬」と挨拶《あいさつ》した。

立春には毎年へんなことが起こるのよねえ、と叔母は言いながら、手みやげの今川焼をつまみにして、ビールをごくごくと飲んだ。

二月七日　晴

たくわん売りとすれちがう。

たくわんいりませんかね、と言いながら寄ってくる。担《かつ》いだ天秤棒《てんびんぼう》にぶらさがっている色とりどりのたくわんをとり出し、こちらの顔の横に当てては、

「よくお顔におうつりですよ」と勧める。

あんまり勧め上手なので、はなだ色のを一本と藍色《あいいろ》のを一本買ってしまう。

帰ってからきざんで食卓に出したが、ぜんぜんおいしそうでなかった。失敗した。

二月十六日　雨

ベランダに大きな鳥が二羽住みついてしまう。巣を作っているので、つがいかと思ったら、兄弟だそうである。

「鳥」と呼びかけていたら、

「僕たちはジャンとルイです」と訂正された。そっくりの二羽なので、いいかげんに「ジャン」と言ったりすると、すぐに「ルイです」と直される。

名前は立派だが、ふんは大量にするし、夜昼かまわず大きい声で鳴きたてるし、

餌《えさ》の残骸《ざんがい》は散らすしで、そのへんの野鳥と全然変わりない。

二月二十日　曇

たちの悪い風邪をひく。熱が高く、妄想の多い夢を見る。ベランダの鳥にうつされたのではないかと疑う。猫や飛行機や地虫が、いやに頻繁《ひんぱん》に夢の中に登場するからである。

二月二十一日　晴

ジャン（ルイかもしれない）がお見舞いにと、かえるを十匹くれる。水槽に入れて枕元《まくらもと》に置き、楽しむ。

身体《からだ》が弱っているので、たとえそれが鳥のものであっても好意が身に沁《し》みるが、「右のがピエール、薄い緑のがフランソワ、ぴょんぴょん飛んでるのがマルタン云々《うんぬん》」とベランダから大声で何回も教えてくれるのには、少々閉口した。

三月二十日　雨

朝からずっと雨が降っている。

雨が降ると子供の情緒が定まらなくなる。

「あめふりどうぶつが部屋の中にいるから、ぼく機嫌が悪くなるよ」と言っては、瓶《びん》にさした枝垂桜《しだれざくら》の葉を散らすので、困る。

四月六日　曇のち雨

会社勤めをしている友人が遊びにくる。その友人に聞いた話。

会社のコピー機の裏に、四歳くらいの女の子が一人で住みついた。

紙づまりを起こした時には中にもぐりこんで上手に直してくれるし、よくまわらない舌で「ぞうさん」や「やぎさんゆうびん」をいつも歌っているので、長くかかるコピーの間も退屈しない。

子供にしては珍しく「ねえねえ」とうるさく話しかけてくることもない。

何か質問すると、小さい声で答える。内気なたちらしい。

社員食堂の厨房《ちゆうぼう》からほんの少しずつ食べ物を取っているみたいだが、量も知れているので、みんな黙認していた。

ところが、春の人事異動で新しくやって来た総務部長が融通《ゆうずう》のきかない人物で、会社の設備を利用するなら、その分は働いてくれないと困ると言いだした。そのむね伝えるようにと部下に言いつけるが、女の子に同情して誰も行かない。ついに業《ごう》を煮やした総務部長自らがコピー機へ出向いた。

「君はどんな仕事ができるのかね」

「……」

「ここは会社だからね、働かざる者食うべからず、ちょっと難しかったかな」

「……」

「手はじめに、シュレッダーのゴミの始末をやってもらおう、いいね。そこのお姉さんに教えてもらって真面目《まじめ》にやりなさいよ」

みんな、はらはらして見守っていたが、女の子は大きな目で総務部長をじっと見《み》据《す》えて、

「……しんせつなのね」と言ったそうである。

四月十五日　晴

日帰りで三島に行く。

小田原から踊り子号に乗る予定で、禁煙車のところに並んでいると、駅員が「その車両は貸切りですよ」と注意してくれる。

ホームに入ってきた禁煙車両を窓越しに覗《のぞ》いたら、揃《そろ》いの浴衣《ゆかた》を着た何十匹ものテナガザルが行儀よく座っていたので、びっくりする。

四月二十三日　晴

病院へ行く。二日前にできた左腕の傷口から、白い砂のようなものがあとからあとからこぼれ出すのである。

奇病ではないかとどきどきしながら、

「体から砂が出るんですが、何科に行けばいいんですか」と受付で訊《たず》ねると、

「何色ですか」と言う。

「白ですか。それなら診察の必要はありません。かんたんな風土病です。ほっておいても治りますが、心配ならこの札を持って薬局へ行って下さい。塗り薬をさしあげます」

同じ札を持った人が何人も薬局にいて、みんなつまらなさそうな顔をしていた。

きっと同じように期待を裏切られたにちがいない。

四月二十九日　晴

ベランダのプランターに野菜の種を蒔《ま》く。

ジャンとルイに因果《いんが》をふくめようと思い、土を掘り返してはいけないだの、新芽を仲間にふるまってはいけないだの、細かい注意をたくさん与える。

二羽ともいちいち素直にうなずいていたが、話が終わると声をそろえて、

「鳥の理性はあてにできませんぜ」と叫び、笑いながらどこかに遊びにいってしまった。

春の山本

ポストを開けると白い大判の封筒が入っていた。封筒の上部には「速達」の赤い判が押してあり、切手は桜の絵のものだった。ポストから取り出すと、封筒からはふわりと湯気がたって、手に暖かい。裏返して差出人の名を見ると、「山本アユミミ」とあった。

山本アユミミは古くからの知り合いである。昔は、一緒に映画を見にいったり打ち明け話をしあったり酒を飲んで少し暴れてみたり狩りに行ったり山羊《やぎ》を育てあげたりした仲だったが、最近は少し疎遠になっている。数年前に山本アユミミがわたしの食事のマナーに注文をつけたことがきっかけだったかもしれないし、反対にわたしが山本アユミミの派手すぎる服装を非難めいた目で見たのが気に障《さわ》ったせいかもしれない。どちらにしても、たいした理由ではない。ほんらい山本アユミミもわたしも些事《さじ》にはこだわらない質《たち》なのだ。食事のマナーにかんしても服装の派手地味にかんしても、深く考えて言ったことではないにきまっている。定見《ていけん》という類《たぐい》のものは、山本アユミミにもわたしにも、ない。

封を切ると、真っ白い厚手の紙に、こんなことが書かれていた。

けさ電車に乗ろうとしたら線路ぎわの土手の桜があんまりよく咲いているのでへんな気分になりましたへんな気分になって空を見ると空気がゆらゆらしてるのであたしは眠くなってしまった眠くなってそのままホームに横たわりぐうすか眠りましたぐうすか眠るあたしを通勤や通学のひとたちがかまわず踏みつけていくので痛かったけれどそれでもあたしはぐうぐう眠ってたいそう気持ちがよかったのですしばらくして起きてから会社に行こうとしたけれどどうしても体が会社の方を向かずそれであたしは旅に出ることにしましたどうぞ探さないでください西の方へ行くような予感がしてます西の湖のほとりに行くような予感がしてますだからといってどうぞ探さないでください探す場合は鮎《あゆ》政宗《まさむね》かトモエヤのからすみ持ってきてくれるとなおいいですそれでは山本アユミミ

鮎政宗というのは山本アユミミが好んで飲む銘柄の酒である。くろぐろと力強い山本アユミミの筆跡をわたしはしばらく眺め、それから折り目通りにたたんで封筒に入れた。

あんまり何回も探さないでくださいと書いてあるのでほんとうに探さないでおこうかと思ったが、そんな意地悪なことはすまいと考え直してすぐに旅支度をした。かばんに、はぶらしといちご味のはみがき、天花粉《てんかふん》と化粧水、替えのパンツ二枚、雨がっぱと折りたたみ傘を入れ、西の湖の近くにある小さな宿に電話した。「そちらに山本さんという女性が泊まってますか」と聞くと、「昨日からお泊まりです」と答えがあったので、二泊ぶんの予約をした。宿はわたしの叔母のつれあいの従兄弟《いとこ》が経営している小さな民宿で、二回ほど山本アユミミと一緒に泊まったことがある。出無精《でぶしょう》の山本アユミミならきっと見知らぬ宿には泊るまいと思っていたが、案の定だった。何が探さないでくださいだよ、と声に出して言ってから、わたしはすぐに部屋を出た。桜は散りはじめており、道に陽炎《かげろう》がゆらゆらと立っていた。

駅ビルの中にあるトモエヤの出店でからすみを三箱、隣のデパートで鮎政宗の一升瓶を二本買ってから宿に向かった。宿に着くと山本アユミミが玄関に迎え出た。

「よくここがわかったね、重かったでしょ持つ持つ」と言いながら鮎政宗とからすみをわたしの手からもぎ取るようにした。

「半分払ってよ」と言うと、

「世をはかなんで旅に出た友にそんなこと言うのかおまえ」と悲しげな声を出すので、

「言うともさ、トモエヤのからすみは高いからね」と堂々と答えてやった。

まああよくいらっしゃいました、と宿のひとに案内されたのは、山本アユミミの使っている部屋だった。

「同じ部屋でいいでしょ、あんたの鼾《いびき》我慢してやるからさ」と山本アユミミが言うので、

「あなたの歯ぎしり我慢できるの、わたしくらいしかいないしね」と言い返した。喧嘩《けんか》になりそうな気配が一瞬漂ったが、宿のひとが、お茶お持ちしましょうね、と言ってくれたので二人とも我に返った。

桜散ってるね、桜もいいけど雪柳やれんぎょうもいいよ、湖に小さな魚がいっぱいいるんだ何かの稚魚かな、鮎かな、鮎って湖にはいないんじゃないの。そんな会話をかわしながらお茶を飲んだ。数年ぶりに会う山本アユミミは以前よりも少し小さくなったように感じられて、そのことを言うと、山本アユミミは何回も頷《うなず》いた。

「縮んでるんだ」

へ？　と間抜けな声を出すと、山本アユミは落ちついた声で、

「縮んでるんだ、身長でいうと年平均三センチ、体重でいうと年平均一キロ」と答えた。

「いつから」

「三年前から」

このままいくと、五十年後には身長がなくなってしまう、でも今から五十年生きるとは思えないからまあいいか。そんなふうに言って、山本アユミはお茶をすすった。

湖のほとりの森の中で、うぐいすが鳴いていた。鮎政宗飲もうか、からすみで。そう言うと、山本アユミは憂《うれ》い顔のまま、ゆっくりと頷いた。お金、いいよ、せっかく旅に出たんだしね。重ねて言うと、山本アユミはまたゆっくりと頷いた。それから、物《もの》憂《う》げな動作で鮎政宗の箱を開けて瓶の封を切り、からすみを薄く削《そ》ぎ、茶碗《ちゃわん》に鮎政宗を注いで、続けざまに三杯飲んだ。からすみを五切ればかり食べた。

「おいしいね」ありがたそうに山本アユミは言った。

「それは何より」小さく答えた。毎年縮んでいくなんて、どんなにか心細いことだろう

と思うとせつなくて、山本アユミの顔を正面から見ることができなかった。
「今年も桜がきれいだねえ」山本アユミは静かな声で言った。
「ほんとに」張り詰めた空気が息苦しくて、鮎政宗を切れ目なくずるずるとすすりなが

ら、わたしも静かに答えた。

「あと何回見ることができるかな、桜」言うだろうなと思った通りのことを山本アユミは言った。

「さあ」ずるずる。

うぐいすが鳴き、山本アユミは端然《たんぜん》と座っている。わたしは落ちつきなく六杯めの鮎政宗を山本アユミの茶碗に注いだ。

「ほんとにあんたいいひとね」しばらくして山本アユミは言い、ふっとため息をついた。そのまま山本アユミが涙かなんか流しはじめたらどうやってなぐさめたらよかろうかと胸がどきどきしたが、さいわい山本アユミは涙を流さなかった。かわりに、

「嘘《うそ》だよ、嘘」と言い、からすみを大きく切ってぽいと口にほうりこんだ。

「へ」

「縮むわけないでしょぉあたしがそうかんたんに」

もう一度わたしが、へ、と空気が漏れるような声で言うと、山本アユミは呵呵《かか》大笑いして、

「おおばかもん」とわたしの頭を叩《たた》いた。

「そんなことじゃ渡る世間の荒波くぐっていけないよ」そう言って、何回でも叩いた。

腹がたってわたしも山本アユミミの頭をなぐり返した。ごん、といい音がして、山本アユミミは顔をしかめた。

「いってえ。効くじゃん。だけどからすみのお金はもう払わないからね、えへへ」

宿に三泊してから、山本アユミミと一緒に列車に乗った。やれ北まわりで帰ろうだのやれ駅弁はどこそこの駅のでないとだめだのうるさいことを山本アユミミが言うのをおおかた無視して、そのたびに文句を百万と並べられ、最後にようやく山本アユミミが疲れて眠ったので、ほっとして窓の外の景色を眺めた。

まだ水の入っていない田の横の土手に桜が咲いている。名前のわからない木が薄緑の芽をふいている。雲がゆっくり流れている。

このまま、ほんとうにどこかに旅立ってしまいたくなった。山本アユミミと一緒に、パンツの替え二枚と雨がっぱをかばんに入れたまま、ずっと旅していたかった。そう思ったとたんに山本アユミミがものすごい歯ぎしりをして、「くそぅ」と大きな声で寝言を言った。

うるさいよ、と言って、山本アユミミの頭頂をぱちんと叩いたが、それでも山本アユミミはぜんぜん起きなかった。列車はすべるように、田の間を走っていく。

夏

五月四日　　晴、夕方少し雨

少し憂鬱《ゆううつ》だし、この何日かずっと乾燥注意報も出ているので、雨乞《あまご》いをすることに決める。

直径一メートルの円を床に書き、円外へはみ出さないように片足飛びをしながら、「前線通過、前線通過」と唱えるだけの簡単な儀式だが、三十分ほど続けたら、すっかり気持ちが明るくなった。

五月十六日　　雨のち晴

ものすごい速さで、今年初めての台風が通り過ぎる。

近所の塀にかたつむりを見にいく。すでに黒山の人だかりである。

いつも雨上がりには、老人会のトランペット隊に合わせて、見事なかたつむり文字が披露されるのである。今回は、おはじき大のかたつむりばかりで作った「わ」の字がいちばんよかった。

演技が終わると、かたつむりたちは一列になって、つのを振りながらゆっくり退場していった。

五月十八日　晴
片思いのひとから牡丹《ぼたん》の花をもらう。薄紙に包まれている。茎も葉もない、薄紙に包まれた花だけを、甘い菓子のように、渡される。開いて舐《な》めてみると、ほんとうに甘い。電話の隣にそっと飾っておく。

五月二十三日　雨
電話の音が甘ったるい。牡丹のせいだろうか。

殿
5 -5840
子

五月二十四日　晴

朝見ると牡丹の花が枯れていた。すっかり乾いて小さくなっている。しわになって砂糖の浮きでた花びらを一枚一枚はいで机の上に並べていたら、子供たちがほしがるので、数枚渡した。作りかけのプラモデルに貼《は》りつけている。プラモデルが完成してからは、やたらに匂《にお》いをかいでは、

「まだ甘いよ」

「まだ甘いね」

などと言いあっている。

夜中こっそり匂いをかいでみた。草のような匂いがするばかりで、もう甘い匂いはしなかった。

六月一日　曇

殿様がやってくる。

殿様は今年町内会副会長をつとめているので、しばしば訪ねてくる。いつものようにどくだみ茶を煎《せん》じて、あられを添える。殿様の好物なのである。

どくだみ茶を三杯おかわりした後で、殿様は、

「衣がえはすみましたか」と聞いた。

見れば、殿様の持っている信玄袋《しんげんぶくろ》や煙管《きせる》に、光る素材が使ってある。服の袖口《そでぐち》や襟《えり》にも、同じ布があしらってある。

「いいですね、それ」と言うと、殿様はおおように頷《うなず》いた。

「ご先祖もこの季節、光りものを好みましてな」そう言い、

「空き巣が多いので気をつけるように。町内会費は五百円です」と続ける。

五百円渡すと、殿様は長い一服をつけてから、ゆっくり立ちあがった。

六月四日　　晴のち曇

電車に乗る。珍しく、すいている。

車両には、私ともう一人三十歳くらいの男性しかいない。その男性が、「何かやりませんか」と言う。

「何か、というと」

「たとえば」と答え、男性は小さな鞄《かばん》の中から、磁石付囲碁盤・オセロ・野球ゲーム・モノポリー・将棋・ツイストゲーム、次々に取り出し、床に並べはじめた。

満面に笑みを浮かべ、さあどれにします、と問う目でじっとこちらを見つめている。

箱の中のたくさんの駒《こま》が、電車の振動につれて、かりかり、かりかり、と鳴る。

六月十七日　晴

つめえりの学生服を着た肩幅の広い青年とすれちがう。まっすぐ前を向き、背筋をぴんと伸ばし、ゆったりとした足どりで歩いている。

ふと見ると、学生の肩にはルイがとまり、下げている紙袋からはジャンの顔がのぞいていた。

二羽とも神妙な様子で、鳴き声ひとつたてない。

なんとなく声をかけそびれる。

七月一日　晴

町内の縄文人街へ行く。

ここへ行く前に、一般市民は必ず公民館でレクチャーを受けなければならない。縄文人街には禁忌《きんき》や不文律《ふぶんりつ》がたいへん多いからである。

公民館ではスライドを使って「犬の形の装飾品を身につけてはいけない」ことだの「椅子《いす》を並べて寝そべっている縄文の人を、写真にとってはいけない」ことだの、路上でうっかり放尿してしまった時に提出する書類のことだのを細かく教えてくれた。

少し緊張して縄文人街へ入ると、さっそく二人の縄文人が寄ってきて酒にさそう。ぼられない店を紹介すると言うので行ってみる。たしかに値段は安いが、量がごく少ない。猪口《ちょこ》に一杯くらいの量しかない。

一杯飲むと、ものすごく喉《のど》が渇いて、おかわりをするとさらに渇く。

やはり縄文の人たちは奥が深い人たちだと思う。

七月十一日　晴

　空き家だった隣の家に新しい家族が引っ越してくる。家具やらダンボールやらをひととおり運びこんで一段落したところで、一家そろって引っ越しの挨拶《あいさつ》にきた。

　最初に父親年配の男性が「ワタナベシンイチと申します」と言ってふかぶかとお辞儀をする。次に母親にあたる人が「チバカズコでございます」と続き、中学生くらいの長男が「コイズミサトシです」小学生の長女が「シモムラアリサでーす」最後におばあちゃんが「サカモトイワと申します、よろしくお願い申し上げます」としめくくった。

　ぽかんとしていると、ワタナベシンイチ氏が、

「血は水より濃いと言いますからな、わ、は、は」と大声で言い、あとの四人が真《ま》面目《じめ》な顔で大きくうなずいた。

　まだ口を開けたままでいると、

「わかりませんかな、この世の中、人情紙のごとしまた君子《くんし》の交わりは水のごとしとも言うではありませんか、わ、は、は」とわれがねのような声で言い、そのまま全員を引き連れて去った。

七月十五日　晴
甥《おい》が引っ越しをするので、頼まれて手伝いにいく。

新しいアパートは『野鳥荘』という名である。荷物を全部運びこんでから家主に挨拶にいくと、家主はジャンとルイのいとこだった。

ジャンとルイよりもずいぶんと派手な色の羽を広げ、持っていった菓子を受け取り、店子《たなこ》の心得をとくとくと述べる。

鳥なのに立派なもんだと感心していると、アパートの中庭にある小さな池がぴかりと光ったとたんに、ものすごい羽音をたてて飛んでいってしまった。

しばらくしてから、長いくちばしに青がえるを五匹ほどくわえて戻り、「お菓子のお礼ですよ」と言って、こちらの足もとに吐きだしたのには、驚いた。

七月二十五日　晴
夏休みがはじまったので、さっそく海水浴に行く。
歩いて二十分ほどのところにある海岸である。まだ人出は少ない。
七月一日の海開きのときには、砂がとても柔らかくて、市長をはじめ海開き委員の人々が腰まで埋まりながら一所懸命砂を踏み固めていたのを、みんな海岸のへりから眺めていたものだった。

三週間近くたった今では、砂はかなりしっかりしてきて、歩いてもふくらはぎくらいまでしかもぐらなくなっている。

夏の終わりには砂浜が大理石のようにつるつると固くなってしまうことを思うと少し淋《さび》しいが、夏休みはまだ始まったばかりだと気をとりなおす。

七月二十六日　晴

昨日に引きつづいて、海水浴に行く。

新しくできたビートルズ仕様ロイヤル公衆便所というのに入ってみる。

構造は普通の公衆便所であるが、個室のひとつひとつが通常の三倍ほどもあり、つくりつけの棚には、あんパンをはじめとする菓子類が置いてある。

ポール・マッカートニー仕様の個室に入るが、うまくもよおさない。

隅にあるリンゴ・スター仕様の個室に入りなおす。

ポール仕様が紺を基調とするこぢんまりしたシックな部屋だったのに対して、こ

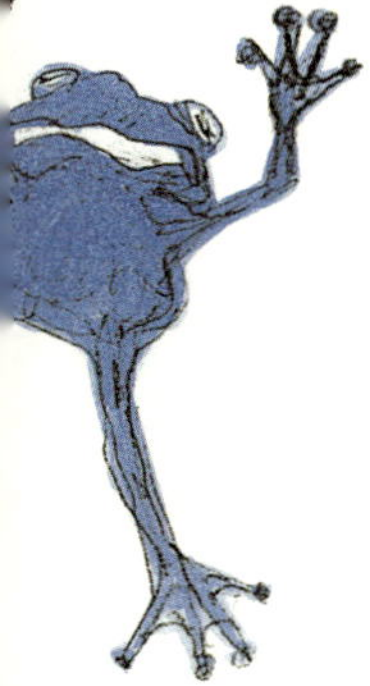

ちらは金の幾何学模様が赤地に乱舞する華やかな壁紙で、面積も少し広かったが、反対に落ちついた気分になるのであった。
　すぐにもよおして、すっきりする。

八月一日　晴

　『野鳥荘』の甥《おい》が遊びにくる。

　その後家主はどんな様子かと聞くと、特に変わりはないと答えてから、妙な表情をする。どうしたのかと不審に思ったが、無理には訊《たず》ねなかった。

　食事をして酒も少し飲んだところで、甥は、

「実はね」と始めた。

　引っ越した翌日から、毎朝必ず扉の外に、先日と同じような青がえるが竹で編んだ籠《かご》いっぱいに盛られて置いてある。家主に聞くと、自分ではないと答える。置いた者が誰だって、きっと好意なのだからどんどん食べてしまえばいいと言う。言いながら、うつくしい羽を広げては、流し目でちらちら見る。どうやら気に入られてしまったらしい。

　額に汗を浮かべながら、甥はぐいぐい酒をあおった。

中くらいの災難

鳥の情報網によると、と、ルイが切りだした。

じきにおたく中くらいの災難にみまわれるそうですよ。

災難？　中くらい？　聞き返すと、ルイは尤《もっと》もらしい顔つきで、中くらい、と繰りかえした。

中くらいというと、たとえば。さらに尋ねると、ルイは首を横に振ってくちばしを閉じた。中くらいといったら、中くらいですぜ。強いて言うなら、鳥の中くらいですな。

鳥の中くらいがどのくらいのものなのかさっぱりわからないまま、落ちつかない気分でいたが、じきにわたしは「中くらい」のことは忘れた。網戸の丸洗いもしなければならなかったし、葦簾《よしず》も掛けなければならなかったし、扇風機も出さなければならなかった。鳥の言うことをくよくよ思いわずらっている暇はなかった。

燕《つばめ》の子やら雀《すずめ》の子やらさまざまな鳥の子がそこらじゅうで囀《さえず》っていた。木の葉の緑はどんどん濃くなってきていた。

ある日、足の爪《つめ》を切っているとき、指の感触がへんだな、と感じた。親指のうえに親指が生えているような心もちがしたのである。えっ、と思って見直すと、たしかに親指の上に親指が生えていた。さっぱりわけがわからなかったが、もしかするとこれが「中くらい」のことなのかもしれないと思いあたった。親指が二本重なっていると靴をはくときに不便だろうが、それ以外には何が困るだろうか。靴だけでなく靴下をはくときにも不便かもしれないが、どうしてもそれ以外の不便を思いつかなかった。「中くらい」のゆえんかもしれない。

靴をはいてみたが、案の定うまくいかなかったので、ゴム草履《ぞうり》をはいて歩くことにした。二本重なった親指に、草履のゴムは少しきつかったが、いい具合だった。そのまま商店街に行き、魚屋でさよりと浅蜊《あさり》、八百屋で葱《ねぎ》と茄子《なす》と胡瓜《きゅうり》を買った。乾物屋でたわしを捜したがみつからず、薬局で安い日焼け止めクリームを一瓶買った。それだけの買いものをするころにはすっかり重なって生えている親指のことは忘れていて、いつものように大股《おおまた》で無頓着《むとんちゃく》に歩いていたら、二本目の親指を電柱にしたたかにぶつけてしまった。

部屋に帰って浅蜊の砂を吐かせていると、今度は耳が厚ぼったくなったような感触がある。気になったが、鏡を見ることもせずに、胡瓜もみをつくり、茄子を味噌《みそ》でいため、葱を網で焼きながらさよりを刺し身にし、浅蜊を酒蒸しに仕掛けてから焼き上がったばかりの葱に醤油《しょうゆ》を注いでじゅっといわせ、全部そろったところでゆっくりと食べ、食べおわるころには耳の感触にも慣れた。

寝しなに顔を洗い終わってから鏡をふと見ると、耳が一か所から二枚生えていた。

「中くらい」は三日間起こりつづけ、最終的には両耳と舌と両足親指と乳房が二倍になった。たいがいのものは重なって生えたが、乳房だけは重ならずに、臍《へそ》の少し上あたりにあとの二房が盛り上がっていた。

ちょうど同じころ、予定になかった借金をしたり、一方的に絶交を言い渡されたり、夜たてる音がうるさいと真下に住んでいる人から文句を言われたり、いくつかのトラブルが続けざまに起こったので、しかたなく二枚の舌で真下の人に謝り、上下の足指をこすりあわせながら借金の借用書を作り、二枚の耳を澄ませて絶交の理由を聞いたりした。子供たちは乳房を眺《なが》めるためにシャツを何回でもめくったし、舌の間に食べ物がはさまってやりにくかったし、靴はあいかわらず履けずにゴム草履だったが、そんなこんなしているうちに、「中くらい」にもずいぶんと慣れたのだった。鳥の中くらいは、なるほどこんなものかと納得する気分だった。納得しても何もないが、ともかく納得した。

雨の多い梅雨だったうえに、「中くらい」が重なったので、七月の前半はほとんど外

に出ずに終わった。ルイの姿はしばらく見ていなかった。夜中、ルイの声が聞こえたように思って目をさますことがあったが、カーテンを開けてもベランダに鳥の姿はなかった。これがほんとうに「中くらい」のことなのか聞きたいと思っていたが、なかなか果たせない。

七月の後半に入り、暑い日が何日か続くようになってから、体に変調を覚えた。もともと「変調」しているのであるが、もっとなにか、しっくり来ない感じがある。常に腹の中で小さな鳥が羽ばたいているような感じなのである。ルイはあらわれず、ジャンもどこかに行ったきり、からだは冴《さ》えない。

しばらく鬱々《うつうつ》としていたが、それではいけないと思い、久しぶりに町に出ることにした。子供をきちんとたたんで押入れにしまってから、せいいっぱい着飾り、できるだけ派手な帽子をかぶった。

「お出ましになりましょう」と自分に言い聞かせ、しゃなりしゃなりと街路樹の下を歩いた。着飾った姿と派手な帽子にゴム草履《ぞうり》が似合わないのはわかっていたが、気にしないようにして歩いた。歩いているうちにいくらか気が晴れたが、やはり腹の中の小さな鳥の羽ばたきはおさまらない。家にいるときよりもいっそう激しくなったようにも感じられる。

そのうちに、歩くうしろを何かがつけて来るのに気がついた。振り向くと、何もいない。しかし確かに何かがつけて来ていた。はあはあいう息づかいがはっきりと聞こえる。何回振り向いても正体はつかめなかったが、息づかいは高まるばかりだった。いくらこれ見よがしにしゃなりしゃなりと歩いても、離れてくれない。

一キロ以上も続く街路樹が途切れたところにベンチがあったので、座った。建物にぴったりと置かれているベンチなので、背後を取られることがない。そうやって座っていても、しかし、息づかいは聞こえてくるのだった。壁とベンチの間に隙《すき》はないはずなのに、聞こえる。

気にするのをよそうと決めてベンチに座るうちに、はっとした。見ると、影が二つになっているではないか。足元にとぐろを巻くようにしてある影が、よく眺《なが》めてみれば、二重になっているのである。二つの影のうち、増えたほうのものらしい影が、はあはあいっているのだった。

「こらっ」と反射的に怒鳴《どな》り、はあはあ言っている影を片方の足で踏みつけると、影は、「きゅ」という声を出した。さらに踏みつけると、さらに「きゅ」と言う。

何回でも踏みつけ、するとそのたびに影は濃さを増した。

踏みつけはじめてから何十回目だったろうか、ついに影はわたしの足からはがれた。端がぺろりとむけるようにはがれはじめ、そのはがれ目からはもう一人のわたしの実体が生えではじめているのだった。はがれたそばから実体はむくむくと育ち、蛇花火が成長するような感じで、実体は見る間にわたしと同じ大きさ、同じかたちになった。

影からあらわれた実体は、「そのようなわけで」とわたしに向かって丁寧《ていねい》な口調で言ったのちに礼を一回し、すたすたと歩み去った。

しばらく茫然《ぼうぜん》としていたが、気をとりなおして足元を見ると、足の親指は一本ずつになっていたし、確かめると耳も舌も一枚に戻っていた。

その後は、実体の噂《うわさ》も影の噂も聞かない。もしわたしと同じ性格の者ならば、悪さをすることもないだろうし、反対に何かしらの手柄を立てるということもあるまい。

うまく職につくことはできるのだろうか、戸籍や保証人はどうするのだろうか、今ごろ路頭に迷っているのではないだろうかと、しばらくはくよくよ考えたが、わたしと同じ質《たち》ならば、きっとどうにかしていることだろう。これでもあんがいしぶといところがあるのだ。

結局あの日は部屋に帰り、派手な服と帽子を脱ぎ、しまっておいた子供たちを取り出して、いつものように夕食のしたくをしたのだった。四つある乳房を見るために例によって子供たちがシャツをめくりにきた。二つしか乳房がないのを見ると、ぶうぶう言った。

ルイもジャンも、その後一カ月ほどは戻らなかったので、果してあれが「中くらい」のことだったのか、なんとなく聞きそびれた。悩みごとがあるときなどには、もう一人の自分に会いたいような気分にもなるが、会ったとしても思いわずらう度合いが二倍になるだけだということも薄々わかっているので、本気で思うわけではない。

ただ、乳房だけは、ちょっと惜しかった。

秋

八月十三日　晴
ひいきの高校野球チームが負けたので、ベランダの洗濯ものをとりこみながら悪態をついていると、隣家のワタナベシンイチ氏が窓からぬっと顔を出し、「死せる孔明《こうめい》、生ける仲達《ちゅうたつ》を走らすとも言います、元気をお出しなさい」と、なぐさめらしい言葉をかけてくれる。
言いおわってすぐに顔を引っこめ窓を閉めたので、最後の「わ、は、は」はフェイドアウトしてきこえた。

八月二十日　晴
混んだ電車の中で、斜め後ろに立っている人に、「あなた、きのうか今日の午前中、どこかの工事現場でクレーン車を三十分以上見物していたでしょう」と耳もとでささやかれる。
そういう事実はないので、

「いいえ」と答えると、

「おかしいですね、確かにクレーンくさいんですがね」と、しきりに不興《ふきょう》がる。男性の声である。振り向くのがためらわれるので、年配はわからない。低く甘い声である。

八月二十五日　曇

日傘の色が褪《あ》せてしまったので、日傘屋に行って染めなおしてもらう。日傘屋は海沿いにあり、となりは履物《はきもの》屋、反対どなりは笛屋である。染めてもらっている間、笛屋で大と小の笛を買い、ついでに履物屋でビーチサンダルを一足買った。

買ったばかりのビーチサンダルを履いて砂浜を歩きながら、大きいほうの笛を吹いたら、沖で波がぎゅうんと持ちあがり、カルデラ山みたいなかたちになって静止した。

息が切れて笛を吹きやめるまで、波はずっと山のかたちをたもっていた。

八月二十六日　曇

片思いのひとと一緒に神社に行く。

もうずいぶん長い間の片思いがぜんぜん進展しないので、お祓《はら》いをしてもらいに行ったのである。

祝詞《のりと》をあげてから榊《さかき》で祓ってもらって、三千円だった。

その日のうちに効果があらわれるとは最初から思っていなかったが、神社を出てからもぜんぜん進展はなかった。

帰りに水羊羹《みずようかん》を買い、二人で道ばたに座って、食べた。

八月二十九日　晴

夜眠ろうとすると、ベッドの下にななふしが何十匹もいる。

子供用通信販売のバイオキットで培養するのが、はやりらしいのである。

子供を起こして始末させる。

八月三十日　晴

奇跡実演講座が、公民館で開講される。

希望者が殺到して倍率が高かったが、幸い受講できることになり、今回が二回目である。

総論から各論に移り、一段落したところで初歩の奇跡が実演されたが、その内容が『鳥と簡単な日常会話をかわす』である。

いやな予感がしたが、案の定、「近所にいた野鳥を呼んできました」と紹介されたのはジャン（あるいはルイ）だった。

「今日の気分はどうですか、最高ならAの紙、まああはBの紙、さえない時はC、最低はD、さあくちばしでつっついてください」というような、カードによる間接的会話をいくつか行ったあと、ジャン（あるいはルイ）は、

「クワア」と一声鳥らしく鳴き、窓から飛び去った。

家に帰ってから問いただすと、

「アルバイト、アルバイト、けっこういいペイですぜ」

「おたくもひとくち乗りまへんか」とくる。

断ると、

「チャンスの女神に後ろ髪はない言いまっせ」

「あんさんマジメやねえ、ボロくちでっせ、ほんま」と、どんどん下世話《げせわ》になっていく。

八月三十一日　晴

八月一番の暑さ。

夏休み最後の日である。海岸に座って一日じゅう海を眺める。

波打ち際《ぎわ》で聞いていると、海の中からいろいろなものがしきりに話しかける。

最初はただぼうぼうとしか聞こえなかったが、次第に意味をくみとれるようになった。

多くの声だった。かぼそいのやら太いのやら高いのやら低いのやら、さまざまな声が、

「遠くからゆっくり来るよゆっくり来るよ」とささやく。

夕方になると、水平線がゆがみはじめた。ゆがんでは元に戻り、ふたたびゆがむ。そのまま水平線は断続的にゆがむことを繰りかえし、日没の直前に、一瞬消えた。

消えた刹那《せつな》に、ひどくさみしい心もちになり、次の瞬間にはすぐに戻った。

家に帰ってから見ると、手提げに入れてあった小さな弦楽器の糸が数本、知らぬ間に切れていた。

ぺたぺたさん

ぺたぺた、という音がしたので、ふりむいた。パンの棚とおむすびの棚の間を、男が一人、行ったり来たりしている。男は、はだしだ。大きくてひらたいその足が、ぺたぺたと音をたてている。

眺めていると、男はにっこりと笑い「ぺたぺたいうでしょう」と言った。はあ、とあいまいに頷《うなず》くと、すっと寄ってきた。反射的に後じさると、またすっと寄る。ちょうどわたしと男とで、ワルツかなにか踊っているような感じだった。

同じ店で、以前ずるずる様につかまってしまったことがある。ずるずる様は、ストローで紙パック飲料をずるずると飲む中年女性である。飲料が少なくなってからではなく、まだパックがいっぱいの時にも、たいそう上手にずるずるという音をさせる。つぎからつぎへとレジで飲料を買い求め、景気よくずるずる音をたてるので、思わず拍手したら、部屋までついてきてしまった。三日ほど居ついたが、部屋にずるずるいわせるものがあまりなかったせいか、四日めに突然いなくなった。

ぺたぺたさんは邪気のない表情で笑っている。我慢しきれずに、わたしは「よくもまあそれだけぺたぺたいうもんですねえ」と言ってしまった。ぺたぺたさんは喜び、今までにも増してぺたぺたぺたぺたぺたぺたと歩きまわった。それからわたしのうしろにまわり、そっとわたしの靴を脱がせた。そのままぺたぺたさんと一緒に夜道へ出て、二人で歩いた。自分には土踏まずなんかないってつもりになって。地面とは仲良くね。そんなふうに指導するぺたぺたさんにくっついて、町内をひとまわりした。

ふたたび店の前に戻り、ぺたぺたさんがドアを開けて店の中に入ろうとしたところへ、わたしは立ちはだかった。わたしの部屋に行こうよ。そう頼んだ。ぺたぺたさんは頷いた。二人でぺたぺたと部屋まで歩いた。その夜はぺたぺたさんと深く愛しあい、夜明けがたになってから眠りについた。

ぺたぺたさんはそれからしばらくわたしと一緒に住んだ。二人でフローリングの床を朝昼晩ぺたぺたと歩き、コンビニエンスストアにもしょっちゅう行っては、高らかにぺたぺたと音をたてた。わたしはぺたぺたさんと結婚するつもりにまでなって、区役所に用紙をもらいにいった。

ぺたぺたさんがいなくなってしまったのは、わたしが区役所の夜間受付に行っていた間らしい。一人になった次の日の夜、マカロニサラダとポテトサラダを買いに店に行くと、顔見知りの店員さんが「いつも十一時ごろに来る、ものすごくきゃしゃなミュールをはいてて、必ず鮭《さけ》のり弁当とトマトジュースを買う女の子に、ついてっちゃったみたいですよ」と教えてくれたのだ。

店員さんに、わたしは丁寧にお礼を言った。それから靴を脱いで、店内を一周した。ぺたぺたといい音がした。店のドアを開け、ピンポーンといわせながら、外に出た。月の明るい夜だった。わたしは店のゴミ箱の横にうずくまった。ゴミ箱は硬くてひんやりしていて、夏の夜のすいか畑みたいな匂《にお》いがした。ぺたぺたさんを思って、わたしは少し泣いた。

泣きやんでから、はだしのまま、夜道へ踏みだした。アスファルトは昼間の熱をまだ残している。一人で、ぺたぺたと、部屋まで歩いて帰った。

秋

九月一日　晴
二百十日なので、早いうちからいろいろ飛ばされてくる。
明けがたには、固くて色の濃いものがびゅんびゅん飛ばされてきた。
昼近くになると、だいぶ色が薄くなってきて、かたちもかわってくる。
日暮れどきには、ただの細かな粒が霧のように飛び交うだけになっていた。
それでも、夜九時ごろまで、風に乗っていろいろ飛ばされてきていた。

九月二日　晴
昨日の風で飛ばされてきたものを物色《ぶっしょく》しにいく。
特に畑ぞいの道に多く落ちている。
大きな扉、ふるい、櫛《くし》、しょうのう、兜《かぶと》、そんなものが落ちていた。
蝶《ちょう》がいくつもいくつも、飛ばされてきたものの上にとまり、蜜《みつ》を吸うようにして
わずかに残っている水気を吸いあげている。
蝶を追い払いながら、めぼしいものを拾い集める。

九月十二日　晴

ヘヴィメタルのコンサートに行く。音がいやに小さいうえに、メンバーの背丈もいつもより二割くらい小さくて、迫力のないことはなはだしい。手を抜いているのか。少々不愉快。

帰りがけにホールに出ると、四人連れの若い女性と行き合う。中の一人が突然こちらを指さすなり、

「この人よ、この人が五年前に、まだ揚げていないあんドーナツをあたしにくれた人よ、あの時はそりゃあ困ったわ」

「でも、あんなに欲しそうにしていたから」咄嗟《とっさ》に言い返すと、

「それは事実だけれど、十五歳の子供が、あんドーナツのタネを、どうできるっていうの」と、かぶせる。

そのような事実に覚えはなかったが、十五歳にもなってあんドーナツのタネのひとつやふたつどうにかできないものか、甲斐性《かいしょう》のないことはなはだしいではないかと、つい説教しそうになる自分を抑えるのに、苦労する。

秋

九月十三日　晴
町内会の係で「一日幼児」になる。

ちかごろの幼児は、成人とさほど差があるわけではない。どうやって幼児を装うか、苦慮する。

ためしに、

「おなかちゅいたでちゅー」

「おちっこー」

などの言葉を会話に何気なくはさんでみるが、ほんものの幼児から総スカンをくう。難しいものだ。

九月十八日　晴
ひょうたんを磨いているうちに、踊りたくなってしまう。
ひとつ踊ってやれと思い、足を踏みならしたり大声をあげたりして踊る。
くるくると回り踊るうちにひょうたんが割れて、あたりがまっくらになってしまった。

秋

夕方までまっくらなままだった。

九月二十三日　雨
墓参りに行く。墓守《はかもり》がいつもの三人から五人に増えている。心づけを全員に渡すと、すぐに掃除やらお供えやらをてきぱきと始めてくれる。

五人のうち一人だけは、墓のてっぺんに乗ってじっとしゃがんでいる。何か意味があるのかと思い訊ねるが、

「そういう役回りなのです」と言うばかりである。

最初は納得できなかったが、

「ぼくたちも乗りたいよー」と子供たちが騒ぐので、しかたなく、

「役回りだから、あの人はしょうがないの」と言ったりしているうちに、なるほどそういう役回りなのだなということが、だんだんにわかってくる。

九月二十四日　雨
一日読書。
十時間以上読みつづけていると、文字に影が見えるようになってくる。その影が、ページをめくる時には、いっせいにふるえ、「ぷう」というようなささやきを漏らす。
少しうるさいが、情緒がないこともない。

十月二日　晴
実拾いに行く。

自転車で三十分ほど走ったところにある林に、いい実がたくさん落ちていると聞いたので、そこに行ってみる。

巨大な実が、地面をびっしりおおっている。赤く、つやつやして、汁が多そうで、たしかにいい実である。四十五リットル入りの半透明袋三袋に詰めて、持ち帰る。

家に帰ってから床にしきつめ、踏んで楽しむ。足の裏が薄赤く染まり、たいそう秋めいた気分になる。

墓守五人衆

十月四日　雨のち曇

裏祭に行く。

裏のほうで開かれる祭である。参加者はみな、裏用の様子をしている。裏行李《うらごうり》をかかえているひともいるし、裏妻を連れているひともいた。

よくできた裏妻で、態度も裏づくしであるうえに、顔まできちんと裏がえっている。

ためしに裏妻の顔にさわらせてもらった。痺《しび》れるような感触がある。痺れがおさまると、どんどん裏的な気分になっていった。

たいした裏妻である。

十月七日　雨

裏妻と喧嘩《けんか》になる。

渡ってくる雁《かり》に向かって、恐ろしい声をはりあげるからである。

ひとこと裏妻に注意すると、はじめから喧嘩腰でくるので、つい喧嘩した。

声を浴びせかけられた雁はかわいそうに、棒のようになって地面に落ち、たいがいがそのまま衰弱してしまう。

いくらたいした裏妻でも、これでは困る。

十月十日　晴
市の大運動会。

市長の住んでいる城の中庭で開かれるのである。朝早くから起きて、弁当やらジャンとルイの餌《えさ》やらを用意する。

城内行きのバスでは、車掌が乗客一人一人に大きな爆竹を配っていた。

『二人玉乗り競争』と『やつめうなぎ競争』に出て、二等賞をもらう。

賞品は市長の顔のワッペンで、押すと市長の声で「うー」とうなる仕掛けになっている。

年々運動会が大規模になっていくので反対運動も盛んであり、帰り道には反対グループのちらしを山のように渡されるが、どのちらしにも、市長の似顔絵が極彩色《ごくさいしき》で印刷してあるのが、非常に怪しい。

RA KOTSU

十月十一日　雨

ルイから、三角関係の相談を受ける。ルイをめぐって何羽かのめすが巣争いをしているのだという。

「いったいいくつ巣を持ってるの」と聞くと、

「いやあお話するほどのもんでもありませんぜ」と照れる。

「で、どの子が好きなの、ほんとんとこ」

「二羽まではしぼったんですが、そこからがどうも。マリイは奔放《ほんぽう》だけどいい卵産むし、ブリジットは尽くすタイプ、卵は堅実。難しいとこですなあ」

一時間ほど話してみて、ルイが外見に似合わずあんがい慎重派であることがわかる。

十月十二日　晴

よく晴れているので、登山電車に乗りにいく。

勾配《こうばい》のゆるい坂を長く登っていくと電車溜《だ》まりがあり、そこに何台もの登山電車が溜まっている。

電車はつぎつぎに湧《わ》いてきて、そのうちに二十台ほどにもなった。押し合いへしあいする電車に巻きこまれて、溜まりを抜けだすまでに一時間もかかってしまった。

頂上で名物の冷し魚を食べてから歩いて下っていくと、溜まりには、まだ何台もの登山電車がわだかまっており、中の乗客はすっかりゆだっていた。

冷し魚の残ったのを投げると、乗客たちはわっと群がり、冷し魚を拾いあげてはお互いの顔や腹をその冷し魚でぴたぴた叩《たた》きあい、ほてりを冷やしていた。

十月十五日　晴
落花生の収穫がはじまる。

見物に行くと、畑の主に追い払われた。

じゃまじゃま、と大声で言いながら、根に落花生がたくさんついたままの茎をぶんぶん振りまわすので、おおかたの落花生は根から離れてどこかに飛んでいってしまう。

夜中、飛んだ落花生を拾おうとこっそり忍んでいくと、同じように忍んできた二、三人とはちあわせする。

ばつが悪いので、持っていった大きな袋を頭からすっぽりかぶり、いそいで帰った。

十月十七日　晴時々雨
絵に描いたような秋晴だが、ところどころで雨が降っている。
家の中から眺めると、雨の降っている部分が灰色の円柱のように見える。直径一メートルほどの天まで続く円柱が、あちらこちらにぽつぽつ立っている。
どの円柱からも、雨降りの「サァー」という静かな音が聞こえてくる。

オランダ水牛

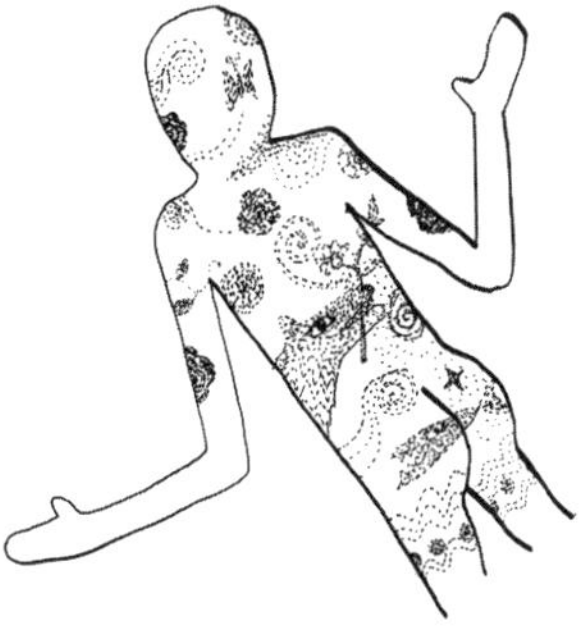

このごろのわたしは足元が不如意《ふにょい》で、朝から晩まで転んでばかりいる。それというのも、わたしに新しい恋人ができてうわずっているからなのだが、恋人ができたことは誰にも打ち明けていないので、皆からは歩き方が下手だ下手だとばかにされるばかりだった。

しょっちゅう転ぶことにきちんとした理由があったとしても、そのままでいいということはないので、早朝にマラソンをしてみたり、整体に行ってみたり、ヒンズースクワットを毎夜六回繰り返してみたり（それ以上はどうしてもできなかった）、牛乳を二リットル飲んでみたり、カナリアを飼ってみたり、あらゆる努力を惜しまなかったけれど、効果はぜんぜんなかった。

古くからの友人が心配して占いをしてくれたが、占いの得意なはずのこの友人からも匙《さじ》を投げられてしまった。

このごろのあんたの運勢はめちゃくちゃだから、この際家にこもって長く出てこない方がいい。出歩いて動きまわったひには、転ぶだけじゃなく、いくらでも悪い目を見ることになるだろう。大きな魚に呑《の》まれるとか、かまいたちに連続してあうとか、ビルの下を通ったときあんた一人をめがけてあられが降りそそいでくるとか。

そう言われてしばらくは家でじっとしていたが、よく考えてみればわたしに恋人ができたことも当てられなかった占いなんか信じることもないと思いつき、すっかり気が楽になって、じきにまたうろうろ出歩きはじめた。

うろうろ歩くのは、もちろん恋人に会うためだった。

恋人は彫りもの師だった。人の肌に刺青《いれずみ》を彫ることもあったし、大理石に豚や鶏やダビデ像を彫ることもあった。わたしも頼んで、小さなうさぎを腕の種痘の跡の上に彫ってもらったりした。種痘のでこぼこの上に彫られたうさぎは、今にもぴょんと跳ねそうで、わたしは恋人の腕前をたいそう自慢に思った。

自慢するのは上品でないから、いくらそう思っても自慢しちゃだめだよ。恋人はわたしに言ったが、忘れて何回か自慢をしてしまった。その直後に恋人の注意を思い出して、ひやりとした。恋人はきびしい人だったから、注意を守れない人間など、嫌いになってしまうかもしれない。それでわたしは悲しい気持ちになってわあわあ泣いたけれども、泣いてしまうとけろりとしてすぐに泣いた原因を忘れてしまった。

あなたが好き、あなたが好き、あなたが大好き。

いつでもわたしは三回繰り返したものだった。恋人に向かって声に出して繰り返すこともあったし、頭の中でこっそり言うときもあった。

声に出したあとに、恋人の肩の上に登り、きりつ、れい、ちゃくせき、と叫んで、そのまま取りついていたこともあった。あんまり好きすぎて、感きわまってしまうのだ。

取りついたわたしを肩にとまらせたまま、恋人はかまわず町中をぶいぶい歩きまわった。そんなところもわたしは自慢だった。動じない人は好き。

友人の占いどおり、町に出ると必ず災難がふりかかってきた。怖い小学生にからまれたり、鼠《ねずみ》にひかれたり、緩衝材《かんしょうざい》を投げつけられたり、大きな人形を売りつけられたり、休む暇もなかった。けれども恋人はいやな顔もせずに変わらずぶいぶい歩きまわっていたので、わたしは安穏《あんのん》な気分だった。安穏なまま、好き好き大好きと、いつも言っていた。

恋人は仕事熱心で、常に彫りものをしているか彫りものの素材を捜しまわっているのだった。町を歩きまわるのも、彫りものの参考になりそうなものをじろじろ捜すためだった。恋人の肩に取りついていないときのわたしは、常のごとく転びつづけていたが、転んでいる間に恋人は先に行ってしまう。待って待ってと叫んでも、先に行ってしまう。彫りものの参考になるものが見つかったときの恋人は、わたしの呼ぶ声などまるで聞こえないふうだった。けれど、動じない人が好きなのだから、しかたがないのだった。何から何まで望んだらばちが当たると、昔祖母に教わった。

オランダ水牛に会ったのは、秋も深まった日の午後で、ちょうどその少し前にわたしは恋人に叱咤《しった》されていたのだった。

ものを食べながら、歌をうたってはいけない。

朝食に、わたしはコンビーフときゅうりをはさんだトーストを食べていた。食べながら、でたらめの歌をうたっていたのだ。前の日に見たななかまどの木のことを考えながら、「あかくてあかくてななかまどー」と、うきうきうたっていたのだ。

恋人はおだやかな声で一度注意をうながしたが、わたしが聞く耳を持たずにますますうたいつづけるので、叱咤したのだった。

黙ってから泣きだすと、恋人は困った顔になった。好きな人の前で泣くと縁起が悪いから、よほどのことがなければ泣いてはならないと、昔祖母に教わったのを忘れて、わたしはしくしく泣いたのだった。案の定恋人はぷいと部屋から出ていってしまった。

コンビーフときゅうりをはさんだトーストを手に持ったまま、出ていってしまった。早足でさっと出ていってしまった。

ものを食べながら歩くことは、かまわないようだった。

十四回も転びながらようやく恋人に追いつくと、恋人はトーストの残りを左手に持ったまま、オランダ水牛と話をしているところだった。たいそう大きくつややかな角を持ったオランダ水牛で、初対面らしく、恋人は礼儀正しい言葉づかいをしていた。恋人は慣れてくると誰に対してもずいぶん乱暴な喋《しゃべ》りかたをしたものだった。乱暴な言葉づかいをされるとたいがいの人は喜ぶので、それがわたしは不思議だったのだが。オランダ水牛に向かっては、ですます調で喋っているので、初対面に近いということがわかるのだった。

しばらく会話を交わしているうちに、オランダ水牛がほしがるので、恋人はトーストの残りをさし出した。すると、オランダ水牛は嬉《うれ》しそうにトーストをほおばりながら、ツェルニー四十番の最初の曲をハミングしはじめたのである。恋人は何くわぬ顔で立っていた。オランダ水牛はツェルニーが終わると、今度は魔笛《まてき》をハミングした。牛なので反芻《はんすう》に時間がかかるせいか、もぐもぐ嚙《か》みながらつぎつぎに曲を変えて、結局小一時間もハミングしていただろうか。恋人はその間スケッチブックにオランダ水牛を写すのに余念がなかった。「ものを食べたまま歌をうたってはいけません」ことなどおくびにも出さずに、スケッチをつづけていた。

水牛と別れて部屋に帰るとまたお腹《なか》がすいたので、ホットケーキを十枚焼くと、恋人は「お先に」も「いただきます」も言わずに、ぺろりと全部をたいらげた。創作に没頭しかかっているときには、いつもこうなのである。もう十枚焼き、これみよがしに「あかくてあかくてなかなかまどー」とうたいながら食べてみたが、恋人はもう何も言わなかった。オランダ水牛を大谷石に彫る作業に夢中で、何も耳に入らない様子だった。

家の中で、皿を洗ったりホットケーキのくずを掃いたりする間に、あと九回も転んだけれど、ぜんぜん痛みは感じなかった。恋人に対しても自分に対しても腹が立っていたからである。

おどおどして転ぶばかりじゃ人生渡っていけない、とわたしは心に期した。「好き好き大好き」と叫ぶなり、わたしは恋人にローキックを浴びせかけた。

恋人は動じないまま、せっせとオランダ水牛を彫りつづけていた。

High
Middle
Low

冬

十一月三日　晴
夫が行方不明になる。
一日中捜しまわって、夕方、やっと長持《ながもち》の中にいるのを見つける。

十一月十一日　晴
厄日。
大切な皿を二枚割り、じゅうたんに蜂蜜《はちみつ》を落とし、階段ですべって頭を打つ。
身の危険を感じ、午後からは布団《ふとん》の中で小さい声で歌をうたって過ごす。

十一月二十日　曇
デートにさそわれる。
長い間の片思いがついにみのるかもしれないので、できるだけ洒落《しゃれ》た恰好《かっこう》をしてでかけることにする。

裳裾《もすそ》のついたスカートをはき、透ける生地の上着をつけ、猫一匹を入れたかばんを提《さ》げ、片思いのひとを待った。

いつもとはちがう服装を見て驚いた様子だったが、口には出さずに先に立って歩くので、あとに従った。

何をするかと待ちかまえていたら、町はずれでまだ枯れずに残っている草を摘んで、それでデートはおしまいだった。

家に帰ってからだんだん腹がたってきたので、地団駄《じだんだ》を踏みながら廊下を五往復した。

十一月三十日　雨

冬眠用品を買いに行く。

冬眠マット一万三千円、簡易洞窟《どうくつ》五万円、調理用干し草一束七千円。

アーミッシュキルトの洞窟カバーもほしかったが、高いのでやめにしておく。

十二月十三日　雨

女の子ばかりの数学コンテストに参加する。会場は町内の大学である。因数分解程度の内容なのに、女の子たちは始まってすぐに、

「もうできなーい」

「わかんなーい」とくちぐちに叫び、試験用紙を飛行機に折ったり消しゴムを飛ばしたりして遊びだす。

一人の女の子がバッグからマニキュアを出して塗りはじめると、みんなが真似《まね》をした。銀色やペイルブルーに塗っている女の子もいれば、オーソドックスにローズピンクを塗っている女の子もいる。

手の爪《つめ》がすむと、足の爪にかかり、全員が階段教室の椅子《いす》の上で立て膝《ひざ》になってストッキングをするする脱ぎ捨ててしまう。試験監督がときどき注意するが、女の子たちはけたたましい声で笑うだけである。

十二月十六日　雨

歩いていると、どこからか、

「蜘蛛《くも》の子を散らすっ」という声がする。

怒鳴《どな》りつけるような声である。あわてて、

「承知っ」と答えると、もう一度、

「蜘蛛の子を散らすっ」と声は繰りかえして、静まった。

家に帰ると、玄関のあたりに霧がいっぱいにたちこめていて、かばんから鍵《かぎ》を取りだすとますます濃くなった。

扉が見えないほど濃くなってしまったので、途方《とほう》に暮れていると、ふたたび、

「蜘蛛の子を散らすっ」という例の声がして、霧はあっという間に晴れた。

十二月十八日　晴

親族会議が開かれる。長い机に、よく知った顔や遠縁でめったに会わない顔が並ぶ。上座にパンダが一匹いるのが、どうしても解《げ》せない。

女の子ばかりの数学コンテスト

冬

十二月二十日　晴

近所の空き地に市がたつ。

去年バオバブの木をなんとなく買ってしまい、数カ月のうちに庭がバオバブでおおわれたので、今年は財布にたいした金を入れずにでかけた。

去年と同じ場所で同じ老人がバオバブを売っていた。今年のバオバブは、去年のよりもずいぶん青みがかって丈も小さい。葉も薄い。

「矮性種《わいせいしゅ》ですから」老人は言い、そのままバオバブの鉢をこちらに押しつけた。

「困ります」と言っても、聞きいれてくれない。

「人生七転び八起き」などと言いながら、老人は財布から勝手に全額を抜きとり、「釣りはいいです」と、すましている。

結局押し切られ、しかたないのでバオバブはこっそりと空き地の隅に埋めた。

鉢だけは持って帰り、きれいに洗ってハンケチ入れにした。

蜘蛛の子を散らすっ

冬

十二月二十一日　曇

空き地に行ってみると、懸念《けねん》していたとおり、バオバブがいちめんに繁茂《はんも》していた。

枝いっぱいに小鳥がとまり、さかんに囀《さえず》っている。

知らないふりをすることに決め、さりげなく囀りに聞きいった。それから、慎重に後じさりして空き地を離れた。

十二月二十二日　晴

夫が会社でのできごとを話してくれる。

昼休み、倉庫の屋根で何か音がする。泥棒かもしれないと思い見に行くと、お猿が六匹集まってわいわいやっているのであった。

お猿なら安心なので、そのままにしておき仕事に戻ったが、ちょっと気になり退《ひ》け時見に行った。一匹を残してあとは姿を消していた。

残った一匹は、いろいろな大きさのボルトとナットを、長い列に並べて遊んでいたそうである。

十二月二十八日　晴

長い間の片思いのひとから、

「好きなひとができました。

これから一生そのひととしあわせに暮らします」

という葉書がきた。

泣きながら、いちにち花の種を蒔《ま》いた。

途中少しの間気を失い、それからいくらか元気が出たので、夕飯には蛸《たこ》を煮た。

夜遊び

サエコさんに連れられて、ひさしぶりの夜遊びにでかけた。

夜の渋谷に来るのは五年ぶりくらいで、駅を出た途端《とたん》にわたしはずいぶんときょろきょろしてしまった。

「みっともないから、口あけっぱなしにしてあちこち指さすのはやめにして」とサエコさんに注意されたが、知らないうちに顎《あご》が下にひかれ、中に小鳥が飛び込んでもおかしくないくらい大きくわたしの口は開かれてしまうのだった。

「どこいく」聞かれたが、五年のうちにすっかり渋谷に不案内になっていたので、「もうすっかりサエコさんにおまかせです」と答えた。サエコさんはちょっとだけ肩をすくめてわたしを眺めたが、何も言わずに先に立って歩きだした。

渋谷の植物相は五年前とかなり変わっていた。竹の群生していた109交差点のあたりには、竹にかわってソテツや丈の高いシダが生い茂っていたし、カヤやススキがいちめんに生えていた西武デパートの壁には、ゼニゴケとエビネがびっしりとはりついていた。以前はなかった暗渠《あんきょ》があちらこちらに張りめぐらされ、暗渠の上に渡してあるコンクリートの覆《おお》いはところどころが剝《は》がされ、覗《のぞ》きこむと地下水路が深いところを流れていた。

「なんか変わっちゃったね」と言うと、サエコさんはまた肩をすくめた。

「そりゃ変わるでしょ、時間たったんだから」

「このごろ何がはやってるの」

「たいしたはやりはないわよ、場所によって細かい決まりはあるけど」

サエコさんは重そうなライターの蓋《ふた》をぱちんと開け、ぼうと音をさせて炎をたてて煙草《たばこ》に火をつけ、ふかぶかと煙を吸いこんだ。

「細かい決まりって、どんな」と聞くと、サエコさんは煙草をくわえたまま、

「まあその、たいしたもんじゃないけど、左足から先に店に踏みこまなきゃいけない、とか、お酒の最後の一杯は飲みきらないでコップに一センチは残さなきゃ恥ずかしい、とか、帽子にぽんぽんつけちゃいけない、とか」と答えた。

「なにそれ」

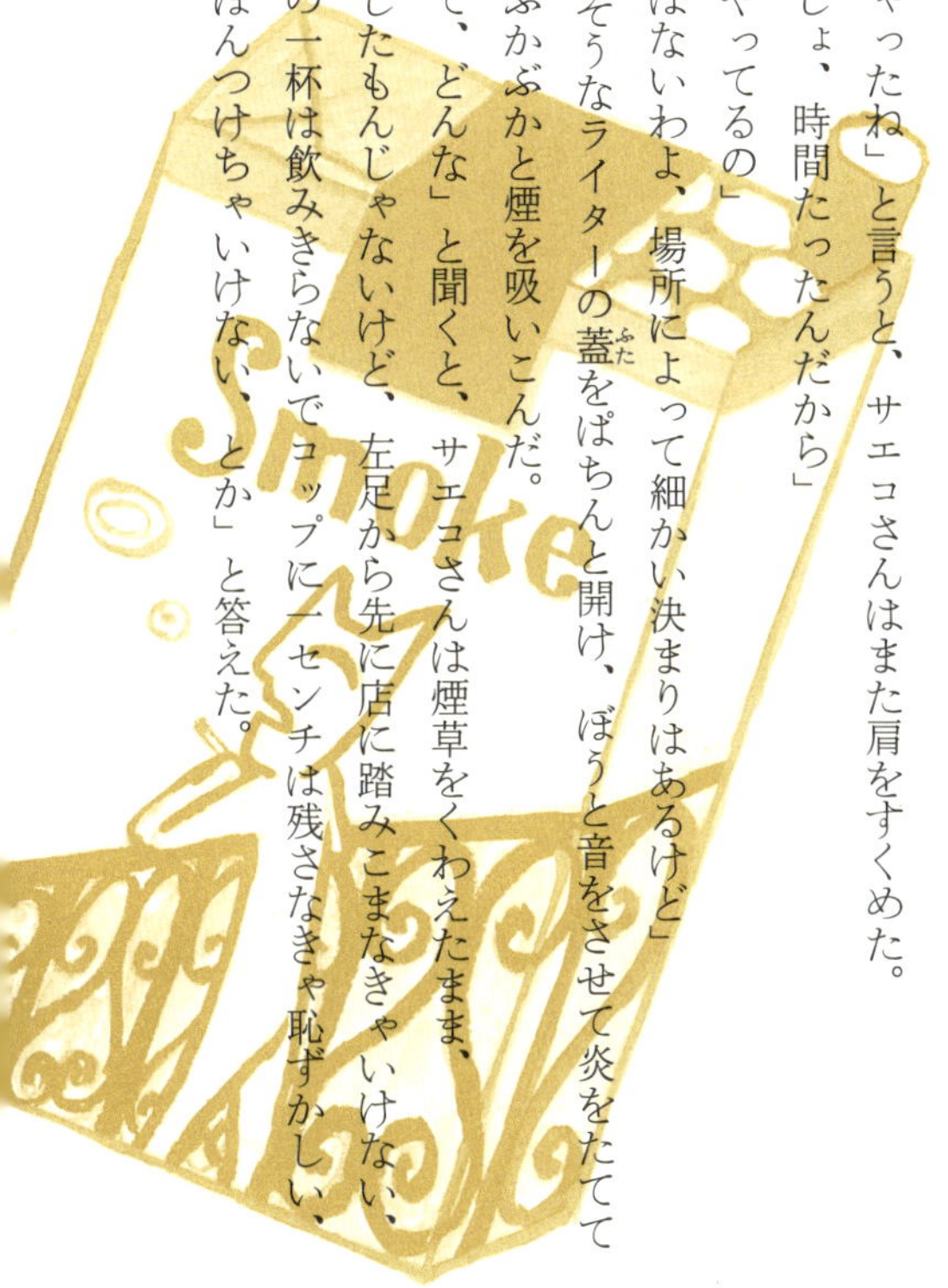

「だからそんなもんよ」何が「そんなもん」かよくわからなかったが、なにしろ五年も渋谷に出てきていなかったのだから、反論できなかった。

センター街の奥に入りこむにしたがって、うっそうとした密林が増えてきた。蔓《つる》のからまったリンボクやバショウの間に、背の高い椰子《やし》なんかが見えていて、中に光がほとんど射《さ》しこまないくらい密生している。投光機の光が空の半球を照らし、光が密林の上に来ると、木々が暗く浮かび上がる。

「どこ行くの」聞くと、サエコさんは少し考えてから、

「まあまず一杯だわね」と答え、火のついたままの煙草を密林の一つにほうりこんだ。

「火事になっちゃわないの」と驚いて叫ぶと、サエコさんは頷《うなず》きながら、

「焼いてやらないと、繁《しげ》るいっぽうだし」と言い、すずしい顔で歩きはじめた。

密林の間を川も流れていて、ゴイサギやカワセミが群れをなして飛びかっていた。小さな鰐《わに》がぎっしりと群れている場所もあった。

「なんか、その、渋谷じゃないみたい」とつぶやくと、サエコさんは笑いながら、

「これがはやりだからねえ」と言い、先に立って歩くのをやめて、わたしの横に並んだ。

店についていて一杯ずつ飲むなり、サエコさんは立ち上がった。つかつかとカウンターに進み、丈《たけ》の高いコップから緑色のものを飲んでいる青年の横の椅子《いす》に座る。話しかけ、青年と同じ飲み物を頼み、五分後には腰に手なんかまわしあっていた。

何回もサエコさんに目配せを送ったが、サエコさんは知らないふりをする。手洗いに立ちしなにサエコさんのうしろを通りながら、「困るよう」と小さな声で言うと、サエコさんは一緒に手洗いに立ち、洗面所の前まで来ると、こわい顔をして「しっ」とくちびるに指を当てた。

「あなたも大人なんだからこの先は適当にしてよね、五年前までは遊びあった仲じゃない」などと言う。遊ぶったって、五年前のはやりはヨーヨー両手に持って踊るだの夜道で穴掘るだの、たわいのないことだったし、腰に手まわしあうようなことは不得意だもの、と抗議してみたが、サエコさんは、

「大人なんだから」と決めつけ、かまわず出ていってしまった。

残されて途方にくれ、テーブルに戻って二杯めの飲み物を頼んで所在なくしていると、さっそく青年が一人寄ってきた。

「腰、しませんか」単刀直入である。

「腰、あんまりそのあの」答えると、青年はぷいと行ってしまった。

つぎつぎに青年がやってきたが、どの青年もそっくりで、区別がつかない。はやりなのか、色とりどりの帽子をかぶり、靴に拍車をつけ、決まって指先をぱちぱち鳴らしている。やってくるたびに断ったが、あとからあとから湧《わ》いてくる。

たまらず、勘定をして店を出た。名を知らぬ鳥が、ほうほうと、夜の中響く声で鳴きかわしている。流れる川を眺めてしばらくぼんやり立っていたら、肩を叩《たた》かれた。振り向くと、青年である。あいかわらずほかの青年と区別がつかなかったが、帽子をかぶっていないので助かった。

「鰐《わに》っておいしいんですよ」川を見ながら青年が言った。腰については言及してこない。この青年ならばつきあってもいいかもしれないと、気持ちが動いた。

「どうやって食べるの」

「煮て、醬油《しょうゆ》味で」

「かわいそう」

「そうだね。でもおいしい」

話しながら川沿いを歩いた。青年はいつまでたっても腰に手をまわして来ないので、ますます好感をいだいた。そのうちにコンクリートがすっかり剝がれてしまっている暗渠に行き当たった。水路の水は涸《か》れていた。青年とわたしは中を覗きこんだ。中に何かがうずくまっている。

「あ」とわたしが言ったのと、「見ちゃいけない」と青年が叫んだのと、うずくまっていたものがこちらを振り向いてわたしと目をあわせたのが同時だった。うずくまっていたのは巨大なニホンカモシカで、目があったとたんに、大きく跳躍して暗渠から飛び出してきた。

しまった、ニホンカモシカ、と瞬間後悔したが、ゆっくり後悔する間もなく、わたしたちは走りだしていた。ニホンカモシカと目をあわせてはいけない、というのが五年前までの渋谷の決まりだったが、こんなに変わってしまったのなら昔の決まりなんか、と油断したのがいけなかった。

「まだいたのね、ニホンカモシカ」角を曲がりながら青年に言うと、青年は息を切らせながらもにっこりして、

「そりゃあニホンカモシカは定番だから」と答え、遅れがちなわたしの手を取ってぐいぐいひっぱってくれた。

ニホンカモシカの吐く湿った息が近づいてくる。青年は力づよくわたしを引っ張ってくれたが、だんだんに苦しくなり、足がもつれてくる。もうだめだと思った瞬間、目の

前に古ぼけたカレー屋があらわれた。青年はわたしをかかえ、急いで中に飛びこんだ。

扉をぴったりと閉め、背中で押さえた。ニホンカモシカが蹄《ひづめ》で扉を蹴《け》る振動が、背中に伝わってくる。ニホンカモシカはしばらくいまいましそうにピイピイと鳴きたててい
た。しかし次第に声は静まり、そのうちに気配が消えた。

「いっちゃったかな」青年と顔をあわせると、青年は頷《うなず》いた。

「でも、用心のため今夜はずっと扉を閉めておいた方がいい」青年が店主に向かって言う。

「そりゃしょうがないけど、今日仕込んだカレー、どうするかね」店主は天を仰ぎながらため息をついた。

「食べます、できるだけ。食べきれないぶんはテイクアウトにしてください」わたしが言うと、青年も、「ぼくも手伝います」と言った。

「それなら文句はないね。うちのカレー、自分で言うのもなんだけど、うまいよ」という店主の言葉を聞きながら、わたしは三杯、青年は七杯カレーをたいらげた。すっかりいっぱいになった腹をかかえて裏口から出ると、ニホンカモシカの姿はもう影も形もな

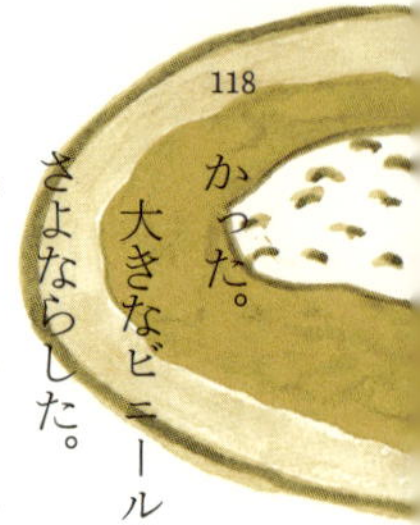

かった。

大きなビニール袋に詰めたカレーをさげて、道玄坂《どうげんざか》を青年と並んで下り、駅の入口でさよならした。

「また、つきあってくれる?」と青年が言うので、

「遠いところに住んでるから、なかなか出てこられないんだ」と答えた。すると、青年はしばらく考えてから、

「そんなら文通しよう」と言い、ポケットから紙を一枚取り出した。

『春になったらまたカレー食べましょう。あなたのことすきです。もう少し走りこんでおいてください。こんど写真ください』

最後に住所をさらさらと書いて、手渡す。ちゃんと、走りこんでおきます。答えて、駅の階段をのぼりはじめた。夜明けが近いのか、何種類もの鳥が鳴きかわしていた。寒いのに、からだの芯《しん》がぽかぽかと暖かかった。

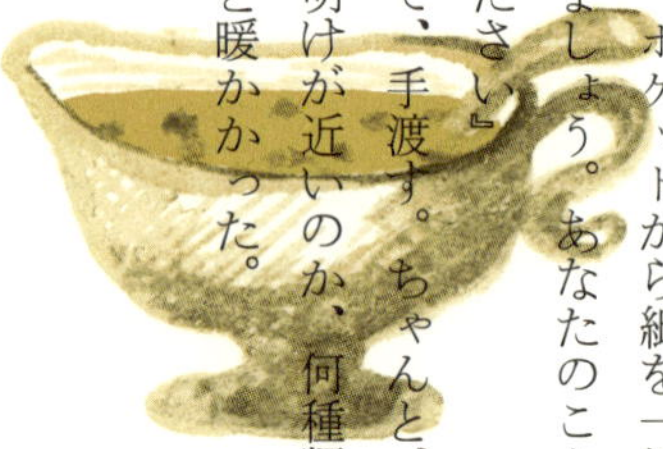

あとがきのような対談

川上弘美＋山口マオ

山口　「椰子・椰子」の主人公は結婚してて子供もいる女の人なんだけど、夫はほとんど登場しませんね。で、子供を畳んで押入れにしまったり、片思いの恋人がいたり……。

川上　それどころか「オランダ水牛」ではちゃんとした恋人も出てきます（笑）。

山口　そういう内容って自分にないことだから出てくるのか、それとも川上さんはほんとにこういう人なのか。

川上　もともとこれは自分の夢日記から始まったものなんですよ。「やし・やし」というのはね、長男が小さいころ舌足らずで「おやすみなさい」のことを「やしやし」って言ってたのでタイトルにしたんです。

山口　こういう夢を実際に見るんですか。

川上　半分ぐらいかな、実際に見た夢をもとにしたのは。一九九〇年に、友人たちが始めた「Ｋｉｎｋｙ　Ｒｅｖｉｅｗ」というコピー同人誌に何か書かないか、と誘われて連載したのが「椰子・椰子」のはじまりですね。ちょっと変わった雑誌で、詩人の井坂洋子さんが匿名で詩を書いたり、漫画家の根本敬さんが「村田さゆり」という偽名で変な文章を書いたり、というめちゃくちゃな（笑）。マオさんは夢、見ますか？

山口　あんまり見ないし、こんなおもしろい夢見られないよ（笑）。僕はどちらかというと、相手や仕事によって出てくるものが変わるタイプなんですね。で、今回の仕事の話があったとき、自分の中で「これはきっとおもしろいものができるぞ」という予感があったのね。予感がある、ということはとても大事なことだと思うの。それで、いざやりはじめてみると、とっても楽、楽というか自分の「おもしろみ」だけを追求してできるから、本当に楽しかった。川上さんの「うそばなし」にのって、自然に妙な絵が浮かんでくるから不思議。

川上　いやあ、私はいつも「おもしろみ」ばっかり追求してる方なので、いつも楽といえば楽ですねえ（笑）。

山口　でもねえ、これだけ「嘘《うそ》」をきれいにつけるというのは、川上さんは天才だ、って原稿読みながら思いましたよ。

川上　ほめられているのかどうか（笑）。

山口　たとえば僕がすごい夢をいつも見てて、それを「芸術だ」とか言って表現するようなアーチストだったら、よっぽどすごいものができるか、壊しあってしまうかのどっちかだと思うのね。僕は料理でもそうなんだけど、ある材料を使っておいしく作る、というのが好きなんだな。与えられた条件の中で、いかに遊ぶか、いかにいいものを作るか、という。だから今回は、楽な上に、いい材料もいっぱい揃《そろ》ってて、やりやすかったですよ。

川上　私も日本語を使って、ごくありふれた日常の中から材料を拾ってきて書いているわけで、そういう意味では与えられた材料を料理しているんですよね。今回、絵をマオさんにぜひ描いていただきたい、ってお願いしたのは、私が以前からマオさんの絵の大ファンだったからなんですけど、文章と同じ味じゃない、材料は同じでも違う味のものを作ってくださるんだろうなあ、と思ったからなんです。なんだかほめ合いしてるね（笑）。で、イメージが豊富だとすれば、それは少しずつ長い間かけて書いたからなんじゃないでしょうか。最初「Ｋｉｎｋｙ　Ｒｅｖｉｅｗ」が七年間に十二号で、その後連載を始めた「恒信風」という俳句の同人誌には年三回で六号ぶん。一回の分量は原稿用紙三枚ぐらいですから、一年に何回かしか見ない貴重な夢（笑）が集まっているんですね。さすがにしょっちゅう夢にもぐらが出たりしたら、私も人生生きづらいことになるんじゃないでしょうか（笑）。

山口　川上さんが生まれてから今までの体験の蓄積とか、前世にもぐらだったり鳥だったり蛙《かえる》だったりしたときの記憶（笑）が、眠っているときにどこからかこぼれ出てくるのかなあ。だって、ものすごく現実離れした話なのに、ぜんぜんわざとらしくないんだもの。ところで川上さんがおばあさんになったら、どういうものを書くんでしょうね。もっとヘンになっていくのか、それとも枯れた味わいになるのか。

川上　それは枯れた味わいのがいいですね。今でもけっこう枯れてますし。

山口　うん、意外とそうなんだよね。どろどろしているようでいて、世界がさらっとしているというか。

川上　自分ではけっこうどろどろした恋愛の話を書いているつもりでも、読んだ人に「なんか小学生みたいな情けない人が出てきただけだねえ」とか言われて（笑）。マオさんの絵の世界も、枯れた味わいありますよね。そこに共通点を感じたのかな、きっと。

山口　個展に来てくれた人に、「もっとおじいさんかと思ってました」って言われたことあります（笑）。若い子のファンが絵の猫を「かわいい！」って言うと、「いったいこれのどこがかわいいんだよ」と思ったりする（笑）。それとも若い子たちはもっとしたたかで、枯れた味わいの中の「かわいさ」を見いだしてくれているのかな。

川上　きっとそうだと思いますよ。

山口　猫の雰囲気が、あまりかわいくなりすぎないように自分で抑えているんだけどね。悪魔みたいな顔の猫もあるんだけど、やっぱり「かわいい」って言うんだよね。

川上　こわい中にかわいい要素を見つけているんですよ、それは。

山口　「かわいい」ってことは大事だよね。「かわいげ」のあるおじいさんとかおばあさんとか、とてもいいもんね。

川上　マオさんの猫は何歳ですか？

山口　七百歳から八百歳くらい（笑）。

川上　じゃあ表紙のもぐらもかなり……。

山口　長い歳月を生き抜いてますね（笑）。僕の絵の猫は地球外生物です、たぶん。

川上　ときどき、ひゅううう、って分裂したりするでしょ。

山口　あはは、しないしない。川上さん、いつもはどんな暮らししてるんですか？

川上　基本的に家にいるんです。家事をして、原稿書いて、散歩して、郵便局に行って。

山口　郵便局に何しに行くの？

川上　そりゃあ郵便出しに（笑）。午前十時三十五分に毎日ポストの口からつるつる顔を出す生き物がいて、それを観察しに、なんてわけないでしょ（笑）。

『野鳥荘』の家主

山口　いや、きっとそんな気がする。でもほんとに「椰子・椰子」の仕事は楽しかったなあ。絵だけじゃなくて、オブジェを作って写真とったりしたけど、実際に作る前から、これは自分にとって「いいもの」になるぞ、という確信がありました。

川上　山口さんのさし絵のラフスケッチを見たとき、「いいもの」になるぞと確信しました。またほめあう（笑）。

山口　では最後にこの夏の目標を（笑）。

川上　ええっとね、海でかわいい女の子にモテモテ（笑）。

山口　じゃあ僕はね、畑でかわいい野菜をつくる。ということにしよう（笑）。

川上　あ、野菜栽培してるんですか？　私は植物も動物も育てるの苦手だからうらやましいなあ。

山口　こんど野菜持ってきましょうか。

川上　じゃあマオさんの野菜と私の女の子たちを……。

山口　交換する、と。

川上　これでこの夏もバッチリですね（笑）。

（一九九八年五月）

お読みになったら屹度《きっと》気に入られます。

南　伸　坊

内田百閒《ひゃっけん》に『山東京伝』という小説があります。山東京伝は江戸時代の戯作者《げさく》ですが、私がその書生をしくじった話です。

私は山東京伝を、非常に尊敬しているんですが、山東京伝はゴハンになっても私を呼んでくれません。自分だけ勝手にゴハンを食べていて、お前も食べろとも食べるなともいわないので私は大変コマル。

私は、書生なので丸薬をもんでいると、玄関に小さい人がやってきたので、山東京伝に報告にいきます。いま玄関にまことに小さい方がお見えになりました。山東京伝が玄関にいってみると、それは山蟻《やまあり》というアリだったので、私は書生をしくじってしまった。

というような小説で、私はあんまりトボけた小説なので、いっぺんに内田百閒が好きになってしまった。

内田百閒の小説では、ほかにも桃太郎の入っていた、桃の片割れを、イノシシが横取りしていって、うまそうに食べる小説とかが私は好きです。

なぜ、こんな話をしたのかというと、私は川上弘美さんの、この『椰子・椰子』という小説を読んで、いっぺんに川上弘美さんが好きになってしまって、それがちょうど、内田百閒をいっぺんに好きになってしまった時と似ている気がしたからです。

私は、この本のほかには、川上さんがどんな小説を書いているか知りません。この本を読んだのは、この「解説文」を頼まれたからですが、はじめはなにしろ、なんにも知らないのでお断りをしようとした。

私は文学にくらいので知らないことが多い。

ところが、編集の人は、

「お読みになったら屹度気に入られます」

と断言するので、押し切られて読みました。そうしてなるほど、すごく気に入って、いっぺんに川上弘美さんが好きになった。

私は、あまり小説を読めないタチで、それは根気がないからですが、小説の世界に入っていくためには、根気と読者の才能が必要です。だから私は根気もないが、読者としての才能も足りないかもしれない。

しかし、時に、すぐその小説の世界に没入できて、すこしも退屈しないこともあって、それはその小説が私にとって非常におもしろいと感ずる時です。そういう非常の時が訪れたわけです。

これは、大変いい機会を与えていただいたと思って、私はこの本を読むようにしむけてくれた編集の方にも、とても感謝しています。

すごく気に入ってしまったので、本をいいかげんにパッと開けて、そこから読んでいくと、おもしろい。いきなりそっちのほうへ入っていけるので、まあ、ドラえもんのどこでもドアのようです。

稲垣足穂《たるほ》の『一千一秒物語』というのも、そんな小説で、私は何年に一度か、そういうふうに、その本を読んだりします。

この『椰子・椰子』という本も、そんなふうな本になると思う。

ところで小説のなかには別に南洋は出てこなかったと思いますが、この『椰子・

椰子』という題もいい。南洋で、ごろんと昼寝をしていて、目をあけると、椰子の木が、ゆっくり風に吹かれてヤシヤシしているような感じですね。

川上さんの小説には、奇妙な、トボけた、不気味なできごとが次々におこるけれども、全体に、のんびり、たのしい心になるのはどうしてなのか、不思議です。奇妙で、トボけていて、ヘンなんだけれども、とてもホントウらしいところが、魅力です。どこか夢のような気持のよさがあります。

私は自分の見た夢を、たいがい忘れてしまうほうですが、かといって夢を見ていたカンジだけはある。それで夢の中では、奇妙なことが起きていても、なんとなく納得をしていて、いちいち、ここがおかしいだの、そんなはずはないだのと思わないのを知っています。

これは、夢を見ている人が、そういう納得力を持っているのか、夢自体が持っている説得力なのか、たぶん両方同じことなんでしょうが、これを目の覚めた時に再現してみせるというのは、そうとう才能のある人にしかできません。

川上さんの小説には、夢の持っている説得力みたいなものがあって、それは読者の納得力を引き出すような力です。

奇妙であって美しい、言語感覚であり、物語るセンスであり、なによりもともと語るべきものを持っているということなのだと私は思いました。

登場する人物も、それぞれ魅力的です。町内会費を徴収にくる殿様とか、会社のコピー機のへんに住んでる四歳くらいの女の子とか（私は、この子が総務部長に「……しんせつなのね」というところが好きだ）。

山本アユミは、ほんとは体が年平均三センチ、体重にして年平均一キロ縮んでいないかもしれないが、名前がカワイイ。

ベランダに勝手に来たジャン（ルイかもしれないといつも区別をつけない）が、下世話だったりしながら、性格に慎重な一面を持ってたりするっていうのも絶妙だし、中国のむずかしい故事をつかう隣人とかもおかしい。

しかし、もっとも魅力的なのは私です。十二月十六日に、どこからともなく怒鳴るように「蜘蛛《くも》の子を散らすっ」と言われて、すかさず「承知っ」と答えるところや、恋人の肩の上に乗って「きりつ、れい、ちゃくせき」と叫んだりするところ、子供達をていねいにたたんで外出したりするところなど、いろいろいい。

荒唐無稽《こうとうむけい》な出来事が起こっても、大仰にさわぎたてず、おちついているところがいい。じたばたしないというのが私の魅力なのだった。

私は旦那もいるらしいけど、片思いの人とか、恋人なんかもいて、なんとなく色っぽいところもいい。

そんなわけで、この小説は、奇妙で不思議で不気味でありながら、やすらかでおおらかでたのしい。読んでいる時間の気持のいい、ほほえむ小説だと私は思った。たのまれなくても、人にすすめたくなる小説です。お読みになったら屹度気に入られます。

（平成十三年三月、イラストレーター）

この作品は平成十年五月小学館より刊行された
単行本に「ぺたぺたさん」を加えた。

岡田節人
南伸坊 著

生物学個人授業

恐竜が生き返ることってあるの？ 遺伝子治療って何？ アオムシがチョウになるしくみは？ 生物学をシンボーさんと勉強しよう！

多田富雄
南伸坊 著

免疫学個人授業

ジェンナーの種痘からエイズ治療など最先端の研究まで――いま話題の免疫学をやさしく楽しく勉強できる、人気シリーズ第2弾！

養老孟司
南伸坊 著

解剖学個人授業

ネズミも象も耳の大きさは変わらない!? えっ、目玉に筋肉？ 「頭」と「額」の境目は？ 自分がわかる解剖学――シリーズ第3弾！

久世光彦 著

一九三四年冬―乱歩

山本周五郎賞受賞

乱歩四十歳の冬、謎の空白の時……濃密なエロティシズムに溢れた短編「梔子姫」を織り込み、昭和初期の時代の匂いをリアルに描く。

久世光彦 著

聖なる春

芸術選奨文部大臣賞受賞

クリムトの偽絵を描く男が出会ったのは、不幸の匂いを持つ女。待ち続ける二人。待てども来ぬ春を……。哀しくも静謐な愛の綺譚。

久世光彦 著

謎の母

母にすがるような目で「私」を見つめたあの人は、玉川上水に女と身を投げた……。十五歳の少女が物語る「無頼派の旗手」の死まで。

幸田文著
父・こんなこと
父・幸田露伴の死の模様を描いた「父」。父と娘の日常を生き生きと伝える「こんなこと」。偉大な父を偲ぶ著者の思いが伝わる記録文学。

幸田文著
流れる
新潮社文学賞受賞
大川のほとりの芸者屋に、女中として住み込んだ女の眼を通して、華やかな生活の裏に流れる哀しさはかなさを詩情豊かに描く名編。

幸田文著
おとうと
気丈なげんと繊細で華奢な碧郎。姉と弟の間に交される愛情を通して生きることの寂しさを美しい日本語で完璧に描きつくした傑作。

幸田文著
雀の手帖
「かぜひき」「お節句」「吹きながし」。ちゅんちゅんさえずる雀のおしゃべりのように、季節の実感を思うまま書き留めた百日の随想。

幸田文著
動物のぞき
ゴリラ君の戸惑い。禿げ鷹氏の孤高。猛々しくも親愛なる熊さん。野を去った動物、ヒトの哀歓……。これぞ幸田流、動物園探訪の記。

青木玉著
幸田文の箪笥の引き出し
着物を愛し、さっそうと粋に着こなした幸田文。その洗練された「装い」の美学を、残された愛用の着物を紹介しながら、娘が伝える。

野坂昭如著
エロ事師たち
性の享楽を斡旋演出するエロ事師たちの猥雑きわまりない生態を描き、その底にひそむパセティックな心情を引出した型破りの小説。

野坂昭如著
アメリカひじき・火垂るの墓
直木賞受賞
中年男の意識の底によどむ進駐軍コンプレックスをえぐる「アメリカひじき」など、著者の〝焼跡闇市派〟作家としての原点を示す6編。

色川武大著
うらおもて人生録
優等生がひた走る本線のコースばかりが人生じゃない。愚かしくて不格好な人間が生きていく上での〝魂の技術〟を静かに語った名著。

色川武大著
百
川端康成文学賞受賞
百歳を前にして老耄の始まった元軍人の父親と、無頼の日々を過してきた私との異様な親子関係。急逝した著者の純文学遺作集。

色川武大著
引越貧乏
どうせなら、遊び人らしく野垂れ死をしたい。予感するように死を意識した日々の心情を綴って、著者独自の境地を伝える遺作短編集。

谷崎潤一郎著
鍵・瘋癲《ふうてん》老人日記
毎日芸術賞受賞
老夫婦の閨房日記を交互に示す手法で性の深奥を描く「鍵」。老残の身でなおも息子の妻の媚態に惑う「瘋癲老人日記」。晩年の二傑作。